KB067797

# 황혼의 사색

봉 준 석 지음

# 황혼의 사색

봉준석 지음

㈜이화문화출판사

# 머리말

이제는 정리할 때가 된 것 같다는 생각이 들어 사랑방 같은 카페에 들러 두서없이 늘어놓았던 생각의 편린들을 정리해 보았습니다.

從心의 세월을 살아오는 동안에 삶의 화두는 영성이었습니다. 특히 노년의 아름다움과 종말의 가치는 찾아야 할 과제이기도 했습니다. 그래서 노인복지를 위한 시설을 설립하고 운영하게 된 이참에 카페에 늘어놓았던 사념의 조각들을 한데 모아서 지인들과 공감의 장을 마련해 보는 것도 괜찮겠다는 생각이 들어 많이 망설이다가 이 책을 출판하기로 했습니다.

카페에 넣어두어도 괜찮은 사념부스러기들이긴 하지만 분산되어 어지럽게 늘어놓은 상태로 두는 것보다는 책으로 묶어서 지인들과 나누는 것이 더 뜻 깊은 일이라고 판단했기 때문입니다.

비록 서툰 문장에 빈곤한 사색의 토막이라 하더라도 삶의 진솔한 고백을 하는 소박한 고민의 표현이기도 합니다. 묵상을 통해서 찾은 단상의 조각들을 퍼즐 맞추듯이 책으로 만들어 놓는 것이 삶의 흔적이라고 생각을 했습니다.

'황혼의 사색'을 출판함에 곁에서 함께한 마리아와 저를 격려해준 많은 지인들과 교정을 도와주신 유데레사님께 감사드리며 나눔의 삶을 행복으로 소화할 수 있는 정신적 가치를 소유한 여러분께 마음의 선물로 드립니다.

2013년 4월

草人 奉 俊 錫

## 3. 인생의 부자

## 6. 하늘을 향한 기독인

## 1. 지나가는 나그네

# 50년 세월

청춘이
그립다 해도
돌아갈 수 없고

채움에
급급하다 보니
욕심꾸러기가 되고

세상을
이해타산으로 살아
내리막길을 가게 되니

움켜쥐려는
불안과 긴장 속에서
건강을 잃게 됩니다.

장년에는
허울 좋은 참견 보다는
후원과 격려가 어울리기에

번 돈을 쓸 줄 알아야
멋진 인생입니다.

과거로 돌아 갈 수 없고
황혼으로 가고 있는 지금
50년 세월을 돌아 봅니다.

# 동반 여행

동반여행을 약속한 부부는
욕심과 자존심을 앞세워
횡포를 부리지 말아야 합니다.

종속의 노예관계도 아니고
조건부의 관계도 아니기에
길 드리려 하지 말아야합니다.

火는 욕구불만의 폭발이며
화를 새기고 있을 때
가까이 할 수 없게 됩니다.

고정된 틀에서 벗어나야
이해와 배려를 할 수 있고
후회를 막을 수 있습니다.

동반여행을 함께 하려면
서로가 사랑을 해야
여행이 즐거울 수 있습니다.

철든 사람은 분노하지 않으며
행복을 만드는 삶이
함께 하는 동반여행입니다.

# 人生 旅程

어린 생명이 成人이 되면
취업전선에 뛰어들어
성공을 목표로 달려갑니다

희망의 꿈을 이루기 위해서
가정을 보살필 여유마저 없이
동분서주하는 경쟁을 합니다.

욕망이 주인이되어서
이해타산으로 살다 보니
공익의 가치를 뒷전으로 제쳐두고

새치가 보이기 시작할 때
돈 버는 기계가 된 허탈감속에
나는 무엇인가를 자문합니다.

자식들이 속속 떠나게 될 때
남는 것은 '아내' 뿐임을 깨닫고
가정의 소중함에 눈을 뜨니

시집을 와서 매몰된 아내에게
일상의 분담이라도 함께하며
노년을 보내는 것이 좋아 보입니다.

늦었다는 생각이 들어서
인생여정을 돌아보는 것이
황혼에 함께 할 몫입니다.

# 갠지스 강

힌두사원이 모여 있는 갠지스 강은
힌두 교인들의 성지이며 성수이고
생명의 젖줄이다.

강가는 흰 천으로 감싼 시신들이
장작더미에 올려져
망자를 화장하는 장소이기도하다.

동이트기 시작할 무렵에
재가 되어 강에 뿌려지는 것을
神에게 돌아감으로 믿는다

삼삼오오 모여드는 관광객들은
노를 젓는 작은 배를 타고
火葬을 하는 광경을 둘러본다.

강으로 오가는 길 가에는
걸인들이 옹기옹기 모여앉아
관광객을 상대로 구걸을 하는데

의식주 문제해결이라기 보다는
인스턴트 같은 인생에 대한
애착이 어리석음이기에

밑바닥의 구걸행각을 통해서
神에게로 가는 수행을 함으로
에고를 초월하는 덕을 쌓는다.

이들에게 얼마의 도움을 베풀고
인사를 받으려고 생색을 내면

業報의 용서를 받을 수 없다는
충고를 받게 될 것이다.

# 세상살이

자식 놈을 품에 안고
제 몸 감싸기에 급급하니
자비심을 찾아볼 수 없네

삶은 의미가 있는 것이고
존재 이유가 있어야 하기에
삶의 답을 찾아 헤매다가

내 뒤편에서
손가락질을 받는다면

늙고 병들어
세상을 떠날 때

살아 온 삶이 후회스러워
돌이킬 수 없는
통한의 눈물을 흘린다.

# 정선 5—場

일행과 함께
정선으로 가는
기차에 몸을 싣고
차창 밖을 보니

신록의 산하는
말없이
우리를                    다니러 온 세상에서
반겨준다.                 道理를 못 한 채
                        떠나갈 준비를 해야 하니

세월의 나이는
알 수 없지만              지금 여기
자연의 신비 속에          山河의 품속에서
초라한 모습의 내가        본향에 대한
                        彼岸을 그려본다.

# 삶의 현주소

삶이
자신을 위한 것인지
가정을 위한 것인지를
분별하지도 못하고

목표달성의 욕심 때문에
우정과 친교의 문을 닫고
닥칠지도 모를 불행으로 부터

돈이
나를 지켜주는 힘이라 믿어
돈을 벌기 위해 노심초사하고

모은 재산을
지키기 위해 안간힘을 쓰다가
어느새 포로가 됩니다.

허무하게 늙지 않고
세상을 구경하는 여행이
삶의 현주소가 아닐까요

# 여인숙에서 하룻밤

누추한 여인숙에서
밤을 지내본 사람은
을씨년스런 밤을 기억합니다.

세상의 삶이 그러하듯이
인생은 십자가를 지고
골고타로 가는 여정입니다.

세월의 흐름 따라
떠나가는 손님이지만
보따리를 버리지 못하고
짊어지고 갑니다.

겪은 고통의 상처와
받은 축복과 사랑
그리고 살아온 족적들이

영혼에 새겨져
永生으로 가는 길에
멍에가 되고 있습니다.

# 철부지 인생

생명은 거저 받은 것이지만
앞가림 할 몫이 있고
극복 할 것이 있습니다

일을 시작할 때
희망찬 출발을 하듯이
실패할 때도
포기하지 말아야 합니다.

실패의
원인을 찾아 보완을 하고
개선의 노력을 하는 것이
성숙한 사람입니다.

맹수가 먹이를 사냥할 때
혼신의 노력을 하듯이
목표를 달성하기 위해서
최선의 노력이 필요합니다.

등산을 하는 사람이
산에 오르지 않으면
정상의 맛을 알 수 없습니다

앞가림도 못 하면서
불만의 매듭을 만들어
탓을 돌리는 행태로는

철부지 인생에서
벗어날 수 없습니다.

# 세상구경

세상은
다니러 온 곳이라서
영원히 머무를 수 없습니다.

무지의 어둠 속에서
제 몸 감싸는 욕심으로
고생만 실컷 하다가

인생졸업을 앞두고
돌아갈 때가 되어서야
인생의 무상을 깨닫습니다.

세상구경을
의무라서가 아니라
좋아서 하고 있지만

물건이 아닌
존엄성의 가치 때문에
처분할 수도 없습니다.

하늘의 은총으로 태어난
생명들이 머물러서
세상구경을 합니다.

# 눈

함박눈이 쏟아집니다.

앞을 다투듯 달려옵니다.

제각각의 눈송이가

올 때는 따로 오지만

모여서

세상을 하얗게 덮으니

세상에 오는 인생도

내리는 눈꽃을 닮았나 봅니다.

# 짠돌이

소금처럼
짠맛의 성품인 사람을
짠돌이라 합니다.

짠돌이는
전력 소모가 아까워
거울에 반사되는 빛으로
문 열고 볼 일을 보며

달력의 뒷면이 아까워
메모지로 사용하고
대중교통을 이용하지만

소금이 해롭지 않듯이
성품이 소금처럼 짜더라도
해롭지는 않습니다.

명분이 있는 일과
소외된 이웃을 위해서는
재산을 기꺼이 내놓으며

약육강식의 현실이지만
어리석지 않아서
호락호락하지 않습니다.

욕망은 我田引水 이어서
기대가 실망스러울 때
짠돌이라 부릅니다.

2. 무엇을 위해 사는가?

# 돌아가는 인생

초대받지 않은 불청객이
하루 밤 인연 때문에
눈물의 귀향 소에 태어나

생명의 끈을 잡고
삶의 의미도 모르는 채

이해타산이 주인이 되어
욕망의 노예로 살다가

황혼에 이르러서
삶의 의미를 깨닫게 되니

인생졸업 하는 그 날에
통한의 눈물로 돌아갑니다.

# 자신을 돌아봄

자신을 돌아봄이 없다면
나만 좋으면 그만이라는
철부지처럼
상대를 아랑곳 하지 않습니다.

제자리를 잡지 못해
이웃을 살피며 모방하고
안정을 이루지 못해
방황을 합니다.

혼돈의 틀에서 벗어나
새로워지려면
의미와 목적을 찾는
출발이 필요합니다.

성장과 완성을 향한
새로운 출발은
자신을 돌아보고
정체성을 찾는 것입니다.

# 네 탓이 아닌 내 탓

자신의 잘못을 인정하지 않고
자기만이 옳다고 주장하는 것은
겸손함이 없기 때문입니다 .

잘못을 인정하는 것이 어렵지만
함께 어울려 사는 생활에서
잘못을 인정하는 것은 필요합니다.

잘못을 인정하지 않는다면
네가 잘못했다고 주장해야 합니다.

나는 항상 옳기만 하고
네가 잘못이라고만 주장한다면
우리는 하나가 아닌 둘이 됩니다.

事事件件 네가 잘못이라고 하며
성인(聖人)이 된 것처럼 임한다면
누구와도 더불어 살 수 없게 됩니다.

잘못된 생각을 할 수는 있으나
함께 사는 세상에서 네 탓 주장으로
밝은 사회가 만들어지지 않습니다

공공의 선을 위해서
분수를 아는 지혜를 갖추는 것이
우리의 몫입니다.

# 光 明

갈 길 모르고
캄캄한 어두움 속을
호롱불에 의지하여
홀로 가고 있으나

생명의 끈을 잡고
채 바퀴 돌듯이
제자리를 헤맨다.

지금여기
찰나의 깨우침으로
암흑에서 벗어나는
광명은 언제 비추려나

# 멋진 삶

인생을 멋지게 사는 것은
후회스럽지 않게 사는 것이며
집착과 욕망으로 사는 것은
멋진 삶이 아닙니다.

용서를 하지 못해
상처 난 아픔을 않고
증오심으로 사는 것은
멋진 삶이 아닙니다.

위안을 받으려
신앙의 길을 가지만
모르고 가는 것은
믿는 흉내를 내는 것입니다.

위선의 믿음으로는
상처가 치유될 수 없으니,
사랑 안에 살아가는

멋진 삶이
하늘의 뜻과 하나 된
평화로운 삶입니다.

# '나' 만을 위하여

제 몸은 잘 챙기면서
남에게는 상처를 주고

제 자식은 잘 돌보면서
부모를 돌보지 않고

제 집을 애지중지하면서
남의 집에서 도둑질을 하고

사람 살아가는 길을 모르고
'나' 만을 위해서 살아

누에가 고치를 짓듯이
자기 감싸기에 급급해

自愛에서 벗어날 수 없으니
베푸는 행복의 의미를
어찌 알 수 있으랴?

# 삶의 자리

흐르는 강물처럼 멈출 수 없는
시간의 흐름 속에

막을 수 없는 불확실한 상황의
아픈 순간들이

나를 철들게 하는 씨앗이 되고
삶의 텃밭이 된다.

원하는 것을 잡으려는 집착에서
헤어나지 못해 괴로워 하지만

잡동사니들을 버릴 때
삶의 평정을 찾을 수 있는 것이고

구름이 태양을 가리지만
밝음이 있어서 볼 수 있듯이

파도를 바다로 오해하는
신념의 터널을 빠져나가면

깨어있음의 등불로
존재의 意味를 찾는 것이
삶의 자리이다.

# 어버이 날

어버이는 자식의 결혼적령에
집 마련해 신혼살림 내 주고
손자 손녀 돌보는이가 되어
뒷바라지 도우미가 됩니다.

부모는 대중교통을 이용하지만
아들네 집 애견은 자가용을 타고
손자 손녀가 먼저 먹은 후에
어르신이 드시는 순서가 되었으니

어머니는 아들 며느리 집에
밑반찬 김치 담아 나르는데
마주치면 거북해 할까봐
경비실에 맡기고 돌아갑니다.

애견을 정성 것 보살펴 주지만
부모님 밥상은 부실하기만 하고
아침에 며느리가 외출하면
시아버지는 무료급식소로 갑니다.

반겨주는 이 없는 노인이 되어
인생의 황혼을 보내고 있지만
자식 잘되기를 바라는 마음으로
한 평생 다 바쳐서 허울뿐입니다.

여생을 편하게 살아야할 황혼에
가진 것이 없어 형편이 안 되니
돌아갈 날을 앞둔 고령의 부모는
허무와 후회로 멍이 듭니다.

# 바리새인의 춤

무지에서 피어난 꽃이 깨달음이요
십자가에 피어난 꽃이 復活입니다.
깨달음과 부활이 쉽지는 않겠지만

세상에 不義를 청소한다며
남의눈에 티 끝만을 꼬집어 낸다면

똥 묻은 개가 겨 묻은 개를 나무라듯이
제 눈에 대들보는 보지를 못 하고

定義와 名分이 제 소유인 것처럼
주인 행세를 하는 바리새인이
세상을 정의롭게 만들겠다고 하니

자신의 책무도 다하지 못하면서
춤을 추는 것이 가관입니다.

# 마음조절

마음이
스트레스로
괴로워하며

고삐 풀린
망아지처럼             상처 난 마음
제멋대로 날뛰고         평정을 잃어
                      괴로우니

방향 없이
나르는 깃털처럼         살맛나는
그 마음 잡을 길 없네    삶을 위해
                      마음조절이 어떨까요

# 두 가지 소리

우리의 내부에는
두 가지
소리가 있다

마음에서 나오는
소리와
육체에서 나오는
소리이다.

육체의 소리는
쾌락을 찾고
마음의 소리는
의무를 찾는다.

육체의 소리는
물질을 탐하고

마음의 소리는
맑고 깨끗함을 원한다.
육체의 소리는
악의 뒷골목을 가자하고
마음의 소리는
큰 길로 가자고 한다.(루소)

# 老人의 멋

꽃향기는 오래가지 않으나
세월의 뿌리에서 나오는
老人의 향기는 오래 갑니다.

보이지도 볼 수도 없는
불멸의 영혼이
본향으로 돌아갈

인생졸업을 앞두고
미련 없이 떠나려
숙명의 날을 기다립니다.

무르익은 늙은 모습이
황혼의 꽃이며
진중함이 노인의 멋 입니다.

# 양로원에서


모진 목숨
살아 있어
먹어야 하기에

배식을
기다리는
백발의 노인이

지난날
상처의 아픔을
지우지 못하고

소리 없는
눈물을
속으로 삼킵니다.

지울 수 없는
후환의 질곡에서
벗어나지 못하고

세월의 흐름에
흘려보내지도 못하는
자신을 탓합니다.

# 어르신과 함께

세월의 흐름으로
깊게 파인 주름살이
老人다움의 멋인데

사별하거나
이혼으로
가슴 깊이 맺힌 한이
눈물을 고이게 합니다.

가족과
연락이 끊긴지 오래되어
뼛속까지 스며든
혼자라는 외로움을 안고

마땅히 할일이 없는
무료한 삶이라서
따뜻한 햇살마저
쓸쓸하게 느낍니다.

세월이
끝나가는 줄 모르고
자존심은 살아있어
전전하는 어르신에게

인생졸업에 대한
이야기를 나누는 것이
어르신과 함께 하는
동행이 아닐까요?

# 觀 光

볼 수 없었던 것을
보기 위해서
살아 온 터전을 벗어나

바깥 세상구경 하려고
지구촌 나들이 하니
세상을 돌아보게 된다.

욕망의 굴레에 빠져서
제 몸 감싸는 누에처럼
고치만을 짓다가

숨이 막힐 지경이어서
망설임 없이 떠난 관광이,
삶을 돌아보게 한다.

# 감사합니다.


감사는
시간과 장소가 필요 없이
피어나는
마음의 꽃입니다.

감사는
조건에서가 아니라
겸손과 사랑의 꽃입니다.

감사는
빈곤해도 할 수 있지만
인색은
풍부해도 할 수 없습니다.

감사는
은혜의 보답이며
나눔의 실천입니다.


감사는
성숙의 결과이며
하늘의 뜻을 수용하는
사유의 산물입니다.

# 빈 잔의 餘裕

잔은
채워져 있을 때보다는
비워있을 때 순수하듯이

잔이 비워져 있어야          조급함과 집착으로 차있는
술이든 우정이든            마음의 잔을
세월을 채울 수 있고         비우는 길밖에 없습니다.

채우려 해도
채울 것이 없어서           소중한 것을
불안하고 허전하다면         채울 수 있는 공간이
                        빈 잔의 여유입니다.

# 3. 인생의 부자

# 사람의 향기

자아를 관리 못해서
욕망에 사로잡히면

욕구를 이루려는
갈망이 주인노릇하고

통제하지 못 하면
본능의 노예가 되니

자아를 통제하고
초월할 수 있어야
사람의 향기가 납니다.

# 容 恕 〈精神淸掃〉

상대의 잘못 때문에
포로가 되지 않으려
분노의 불을 끄고

생각의 전환으로
마음을 바꾸어
잘못을 탓하지 않고

받은 상처의 흔적을
정신청소 하여
평온을 유지하고

앙금을 털어내면
평화와 안정 속에
행복이 들어옵니다.

# 성숙한 사람

대부분의 사람들은
사는 것이 자신을 위한 것인지
생각을 할 겨를도 없이
가정을 위한 일에 열중합니다.

남들이 그러하니까
당연한 것으로 알고 살아가지만
다시 태어남을 위해서는
숙고할 시간이 필요합니다.

천부적인 재능은
성숙을 위해서 주어진 것임으로
성숙함의 꽃을 피우고
결실을 맺는데 쏟아야 합니다.

사람의 향기가 소유에서가 아니라
성숙함에서 나는 향기임으로
나를 얽어매어 구속할
집을 소유할 이유는 없습니다.

뱀이 일정한 시기에 이르면
주기적으로 허물을 벗듯이
사람도 성숙을 위해서
껍질을 벗어야 할 때가 있습니다.

성숙한 사람은
내가 사는 것이 아니라
이웃을 위해서 사랑으로 사는
사람입니다.

# 멋있는 삶

살아가는 것은 苦難의 길이지만
마지못해 사는 것이 아니라
생명이 소중하기 때문입니다.

함께 살아가는 생명들은
하늘의 축복으로 태어난 생명이기에
생명의 존엄성을 인정해야합니다.

어미의 사랑이 생명을 키울 수 있듯이
생명을 보호하는 것이 道理이며
돌보는 것이 책임과 의무입니다.

生命의 소중함을 우선으로 하는 것이
정신적인 가치이며
생명을 사랑하는 것이 존재이유입니다.

自身만을 위한 삶은 멋진 삶이 아니며
欲求不滿으로 사는 삶은 철부지 삶이고
이웃을 돌보는 삶이 멋있는 삶입니다.

베풂으로 삶의 꽃을 피울 수 있고
이웃을 돌봄으로 행복을 만들 수 있듯이
사랑하는 삶이 보람 있는 삶입니다.

사랑의 꽃은 성숙함에서 피는 꽃이며
조건에서가 아닌 무르익음의 향기이고
하늘의 뜻을 수용한 思惟의 산물입니다.

사랑 할 때 사랑이 메아리로 돌아오고
사랑이 함께 할 때 사랑에 취하듯이
나눔의 사랑이 멋있는 삶의 향기입니다.

돈과 명예의 세속의 꽃을 화려하게 피워도
빈손으로 가는 길에 멍에가 될 뿐이기에
나눔의 실천이 멋있는 삶입니다.

# 意識의 跳躍

자존심이나 외모에
관심 보다는
무엇을
갖추어야 하는지를
아는 것이
자신의 몫이기에

눈을 놀라게 하는
매력 보다는
마음을
움직이는
미덕과 지혜를
갖추는 것이 먼저입니다

표피적인
감성에 쏠리기 보다는
모습을
매무새 하려고
거울 앞에서
자신을 살피듯이

명상을 통한 관조로
질곡에서
벗어나는 것이
정상을 향한
의식의 도약입니다.

# 정신과 건강

마음이
5감으로
밖과 소통을 하니

두뇌에
자리 잡은 생각이
삶을 주관합니다.

낙수 물방울이
주춧돌을 파듯이
부정적인 에너지가

몸에 영향을 주어
정신신경성의 병을
생겨나게 하고

긍정적으로 사용된
생체에너지가
건강을 좋아지게 합니다.

# "낮추는 사람" 〈루가 14/11〉

어디에서나
낮추는 사람은
환영을 받는 사람이 되고

언제든지
낮추는 사람은
사랑을 받는 사람이 됩니다.

높이는 사람은
자기 앞에 있는 돌을
걸림돌이라고 불평을 하지만

낮추는 사람은
자기 앞에 있는 돌을
디딤돌로 수용을 합니다.

낮추는 사람은
자신을 이긴 사람이고
자신을 비운 사람이기에

함께 살아가는 이웃에게
아픔을 주지 않습니다.

소유하려는
욕망에서 초월한 사람이
재물에서 자유로울 수 있듯이

자신과의
싸움에서 이긴 사람이
영원성과 함께할 수 있습니다

자신을
비운 자리에
새로운 것이 함께 하기 때문입니다

# 마음 調節

정신현상은
두뇌에 뿌려진 씨앗에 따라
생각과 감정이 자리 잡는 것이고

생각과 감정이
신경회로에 전달됨으로
육체는 두뇌명령에 따릅니다.

과거의 아픔에 대한 상상으로
괴로운 눈물을 흘리게 되고

서로가 금이 가는 것이 싫어
과거를 지우고
행복한 삶을 살아보려고 하지만

생각을 통제하지 못하면
솟는 감정을 걷잡을 수 없으니
마음을 조절하는 것은
자신의 몫입니다.

# 정신의 세계

언어가 갖고 있는 의미는
생각의 씨앗이 되고
씨앗으로 분출된
생각은 두뇌를 활동케 합니다.

두뇌는
말이나 글로
생각을 표현하고
의사소통을 하지만
말과 글이 정신은 아닙니다.

생각의 전달은
논리에 의존해야 함으로
생각전달이 어려운 것은
논리성의 부족 때문입니다.

예술은
생각에서 피어난 심상을
형태로 가시화 하는 것이며

글은
단어의 늘어놓음이 아니라
상상으로 정리한 내용입니다

色을
상상으로 보지 않고서는
그림에 맞는 색을 찾을 수 없고

소리를
구분하지 못하고는
악기의 음을 찾아낼 수 없습니다.

상상은
관찰한 것을
시각화 할 수 있으며
형상화를 가능하게 합니다.

묵상은
내부로 향한 의식을
머무르게 하는 집중 이며

참선은
화두를 응시함으로
의식의 텅 빈 자리를 만듭니다

새로운 깨달음으로 무지에서 벗어나고
전진과 도약의 창조성의 분출이
생각만으로 되는 것이 아니라
직관의 정신세계에서 이루어집니다.

# 침묵의 深淵

태어나기 전에는
몸도 마음도 없었지만
지금은
몸과 마음에 매이다 보니

생각이 일어
오고 감이 생기고
좋고 나쁘다 하는
잡동사니가 생겨납니다

생각이
善과 惡의 業을 쌓으니
생각을 다스리면
因果를 다스릴 수 있기에

參禪수행으로
일체의 망념을 끊고
생각 없는 텅 빈 자리에서

佛性을
깨달으려하고

悔改를 통한
觀想수도는
그 분과 하나 되어
거듭 태어나려고 합니다

佛性과 神性과의
만남은
思考의 틀 밖에 있음으로

신비적 합일은
我가 사라진
침묵의 深淵에 자리합니다

# 신념에 대하여

농부가 수확에 대한 믿음이 없다면 씨앗을 뿌리지 않을 것입니다. 농부는 수확의 결과에 대한 믿음에서 농사일을 합니다. 신념은 정신적인 인식에 대한 확신입니다. 신념은 주관적인 것이며 이성적인 판단을 통해서 변경할 수 있고 고칠 수도 있습니다.

열망을 하되 신념이 없으면 결과를 가져오는 행위가 소극적이 됩니다. 신념은 믿는 내용을 경험한 것처럼 동일한 위치에 놓는 요소이며 신념은 두뇌를 작용케하는 키입니다.

신념은 목표에 초점을 맞추게 합니다. 여행할 때 집에 돌아갈 것을 믿기 때문에 여행이 활기를 갖는 것이며 집에 돌아간다는 믿음이 없다면 여행은 목적을 상실하게 됩니다.

신념은 궁극적인 결과를 그려보도록 하며 진지한 태도와 낙관적인 분위기를 형성해 줍니다. 믿는 태도는 부정을 멀리하고 긍정적인 태도를 갖게 해주는 것입니다.

"너희에게 겨자씨 한 알만한 믿음이 있다면 너희가 못할 일이 없을 것이다"(Mt.17/20) "너희는 믿는 대로 되리라"(Mt.9/29)는 말씀은 믿음의 정도에 따라서 결과를 얻게 된다는 것입니다. 하늘은 믿는 그 이상의 무엇을 주지 않는다는 것이고 믿음에 의해 받을 준비가 되어 있지 않으면 줄 수 없다는 뜻이기도 합니다.

마음이 신념으로 채워지면 부정적인 것이 들어 올 여지가 없게 됩니다. 이것이 정신세계에서 자명한 진리입니다. 열등감, 패배감, 불안감, 자신감의 결여, 공포 등의 요인은 마음의 통일을 가로막음으로 성공을 방해합니다. 신념〈믿음〉은 부정적인 것을 대항할 수 있는 유일한 힘입니다.

# 열망에 대하여

열망은 강력한 프로그램을 창조합니다. 예를 들면 번 창일로에 있는 유명한 변호사가 자기 아들도 변호사가 되기를 바라고 자기의 사업을 아들에게 물려주려고 했 습니다. 그러나 아들은 변호사 직업에 흥미가 없었고 마음으로도 선택을 하지 않았습니다. 아들은 아버지 때문에 변호사가 되기는 했지만 아버지만큼 사업을 해 나가지 못했습니다.

열망의 부족은 하는 일에 미온적이며 소극적이라서 경험이 부족하게 됩니다. 열망이 있을 때 목표달성을 시도하게 되고 열망이 있을 때 생동하는 수용태세를 갖 게 됩니다. 강력한 열망은 불가능도 가능하게 합니다. 살려고 하는 강력한 열망은 환자를 병마로부터 구해주 기도 합니다. 성공을 향한 열망은 사업적인 성공 뿐 아 니라 전문가로 만들어 줍니다. 열망은 어려움을 극복 해 성공을 하게 하지만 열망이 없으면 기회가 주어져도

해낼 수 없게 됩니다.

  열망은 열정을 만들고 주의를 기우리게 하며 관심을 갖고 목표달성을 위한 행위에 가담하도록 합니다. 성공은 열망을 통해서 이루어지며 두뇌를 활동케 하는 프로그램이 되는 것입니다. 열망은 정신의 방향을 잡아주는 키입니다. 그리운 사람을 보고 싶어 하는 열망이 그 님을 생각하고 행동하게 합니다.

# 기대감에 대하여

기대감은 결과에 대한 기대입니다. 건축설계 사는 건축이 되리라는 기대감으로 설계를 합니다. 남아공 월드컵에 출전한 선수들도 16강, 8강, 4강에 대한 기대감을 갖고 출전합니다. 운동선수도 100미터를 몇 초에 주파할 것인지에 대한 기대를 갖고 임합니다.

기대감은 미래의 결과를 당연한 것으로 인정하는 감정입니다. 기대감은 프로그래밍을 실제적인 것으로 만들어 주는 힘을 갖게 합니다. 기대감은 신념을 완성시켜 주며 의심하지 않는 성질의 감정입니다. 정신과 두뇌를 연결시켜주는 고리는 열망과 믿음과 기대감이 핵심요소입니다.

목표달성을 위한 성공 여부는 바로 3요소의 강도에 따른 프로그래밍을 함에 있습니다. 정신적인 인식이 신념과 열망과 기대감으로 바뀌면 고정된 관념을 바꿀 수 있는 것이고 바뀐 생각과 감정은 뇌 프로그래밍 되어 새로운 출발을 하게 되는 것입니다.

그러므로 잘못된 고정관념을 바꿀 수 있는 열쇠는 열망과 신념과 기대감이라는 정신적 요소입니다. 기대감은 결과가 이루어 질 때까지 노력을 하게하고 온갖 힘을 쏟게 합니다.

# 어리석은 생각

남의 결점을 들추어 내는 사람은
자신의 약점을 감추려는 의도이거나
무지에서 나오는 오만일 수 있습니다.

남을 비난해서 아프게 하는 것은
상대가 괴로워야 이익이 되는 줄로
어리석은 생각을 하기 때문입니다.

남의 허물을 알게 되더라도
간직하지 않고 흘려보내는 것이
자신에게 유익하고 도움이 됩니다.

남을 비난한다고 이익이 되지 않으며
흉을 보지 않아서 병이 나지 않습니다.

마음을 상하게 해서 사이가 멀어지면
좋은 사이를 깨는 어리석은 짓입니다.

# 白骨難忘

생명을 주신 영원한 분과
출생을 협조한 부모님
도움을 준 은인과 이웃에게
深深한 감사를 드립니다.

베풀어준 사랑의 따듯함으로
인생을 살아올 수 있었기에
받은 은혜에 감사할 뿐입니다

아직은 심장이 뛰고 있으나
그리 멀지 않은 날에
나무 잎이 소리 없이 떨어지듯이
앞서간 님 의 뒤를 따를 것입니다

존재하기 이전의 본향으로 돌아갈
그날을 준비해야 함을 알고 있기에
머물다 가는 인연에 백골난망입니다.

# 생각이 삶을 左之右之한다

어떤 생각을 하느냐가
삶을 결정 합니다

물의 흐름에 따라 강이 되고
생각과 감정에 따라
삶의 흐름이 만들어 집니다

'나는 안 돼', '나는 못해' 하는
부정적인 생각의 흐름이
자신감을 상실하게 합니다

부정적인 생각을 청소하는 길은
생각을 바꾸는 드라이브 외에
달리 할 방법이 없습니다

한 생각을 지우면
다른 생각의 세계가 펼쳐집니다

삶을 행복으로 만드는 것도
불행으로 만드는 것도 생각입니다

결국 자신의 생각이
삶의 방향을 좌지우지 합니다

생각으로 만드는 因果는
생각으로 바꿀 수 있습니다

우리가 태어나기 전에는
몸도 생각도 없었지만

지금은 생각으로
인생의 길에서
업을 쌓아가고 있습니다.

# 富에 대한 집착

물질만능의 문화는 삶의 가치보다는 돈을 중요시 하는 특성이 있어서 소유한 돈의 많고 적음으로 사람의 값을 정하는 경향이 있습니다. 그러나 물질적으로 풍요롭다 하더라도 그것에 비례해서 정신적 빈곤에서 벗어나질 못하면 삶의 방향을 잃고 갈팡질팡하게 됩니다. 중요한 것은 富의 많고 적음이 아니라 무엇을 위한 삶인가에 있는 것입니다.

세상 사람들 중에는 욕망을 채우고도 만족을 하지 못하고 끝없이 욕망을 이루려는 사람이 있습니다. 예를 들면 로또에 당첨되면 꿈에 그리던 삶의 환경이 달라지지만 흥분과 환희에 들뜬 상황이 지나고 나면 욕심을 부려서 예전보다 못한 상황에 처하는 경우가 있습니다.

어느 누가 패배할 수밖에 없는 시합에 무리하게 참가

를 한다면 시합에서 지는 것은 뻔한 것 인데 이루지 못할 욕망 때문에 영원히 죽지 않고 살 것으로 착각을 한다면 어리석은 삶이 될 수밖에 없습니다. 왜냐하면 욕망을 채우기 위해 발버둥 치는 삶은 행복할 수 없기 때문입니다. 그러므로 욕망을 채워서 세상을 바꾸려고 하기 보다는 욕망의 노예에서 벗어나는 편이 더 낳을 수 있습니다.

사람이 짐승과 차이가 있다는 것은 바로 이성적 존재라는 것입니다. 인간은 이성을 갖고 태어났고 이성을 지닌 사회적 존재로 짐승과는 달리 이웃과 함께할 의무가 있는 것입니다. 예를 든다면 가정의 일원으로서 부모를 공경하고 형제와 사이좋게 지내며 사회의 공공의 이익을 위해서 나누어야 할 도리가 있는 것입니다.

삶의 철학의 不在는 철부지 아이처럼 잘못 살아갈 위험이 있습니다. 다시 말하면 가치 없는 목적을 위해서 인생을 낭비하는 것은 잘못된 삶이며 올바른 가치를 위해 살지 않아서 인생을 망치는 것은 자신의 탓입니다. 그러므로 자신의 삶을 위해서 책임을 질수 있을 때 행복의 기회가 오는 것입니다. 삶의 보람과 기쁨을 성취

하는 길은 인생을 허비하는 것이 아니라 욕망을 통제할
수 있을 때 가능한 것입니다.

　병은 몸을 고통스럽게 하지만 욕망을 채우려는 사치
는 영혼을 멍들게 하고 비양심적인 위선은 인생을 망치
게 할 뿐입니다. 목마를 때 물을 원하는 자연스러운 욕
망은 물을 마심으로 갈증이 해소될 수 있지만 더 많은
부를 원하는 욕망은 채워질 수 없는 것입니다. 富에 대
한 욕망으로 몸과 마음이 스트레스를 받는 것보다는 부
에 대한 집착을 버리는 편이 홀가분한 삶이 될 수 있습
니다.

# 彷徨

마음의 평온은
호수의 잔잔함 같고
의식의 공허함은
청산의 적막과 같은데

인생이
어디에서 와서
어디로 가는지를 모르고
갈피를 못 잡으니

깨어있음의
등불을 밝혀서
정체를 찾아야
방황은 멈추리라

# 고난의 길에서

사랑의 씨앗으로 태어나
사랑의 둥지를 벗어날 때
홀로 가는 외로운 길의
고독을 소화해야 합니다.

살려고 전전하기 보다는
멋있는 삶을 위하여
고난의 길에서
인생을 음미해야 합니다.

서로가 원만하지 않으면
자녀성장에 방해가 되고
어두운 얼굴로 살아가면
가정을 어둡게 만듭니다.

자신을 알아야
희생을 할 수 있는 것이고
조건 없는 사랑이 있어야
삶의 열매를 맺을 수 있습니다.

평화를 이루는 삶은
투쟁으로 되는 것이 아니고
행복을 만드는 삶은
노력으로 되는 것입니다.

부족함과 허물이 있는 '나' 는
'너' 를 심판할 자격이 없고
상대를 이용하는 이기성으로는
관계가 오래가지 못합니다.

이웃이 베풀어 준 사랑은
돈으로 계산할 수 없기에
고난의 길에서 받은 사랑은
갚아야 할 빚입니다.

# 죽음을 향한 人生

사람은 누구나 죽음을 경험합니다. 모든 것을 내려놓고 빈손으로 떠나는 것이 죽음이며 세상에 왔다가 저 세상 본향으로 돌아가는 통과의례가 죽음 입니다. 인간의 삶과 죽음은 일출과 일몰 같은 자연의 이치라고 생각을 합니다. 그래서 유교는 天人合一을 통해서 聖人이 됨으로써 죽음을 극복할 수 있다고 설명을 합니다.

고대 이집트인들과 힌두사상에서는 원소들의 복합으로 움직이는 기능을 하는 실체는 생명의 영이며 탄생하는 순간에 즐거움과 고통을 느끼는 정신적 실체는 이성적인 靈으로 神性과 연결되어 있다고 보았습니다.

붓다는 不變, 不生, 不調, 無形의 세계가 있기 때문에, 변화하고, 태어나고, 만들어지고, 형상을 가진 세계로 부터의 벗어남이 있느니라(팔리어 경전 우다나 8장)고 설합니다. 불교는 죽음을 맞이할 때 니르바나[涅槃]의 상태를 실현할 수 있어야 한다고 가르칩니다. 탄생과 죽음은 끝없이 되풀이 되는 윤회(삼사라) 다시 말해 방황임으로 방황을 멈추고 자유를 얻으려면 집착에서 벗어나 無心, 無我로 니르바나(열반)을 실현해야한다는 것입니다.

도교에서는 道와의 일치를 통해서 眞人이 됨으로써 죽음을 극복한 경지에 이른다고 가르칩니다. 이것을 바꾸어 말하면 인간다운 삶을 삶으로써 죽음을 극복하게 되고 삶을 영위하는 것과 마찬가지로 죽음도 자연스럽게 받아드리게 된다는 귀납적(歸納的)인 설명을 합니다.

기독교에서는 인간은 하느님의 모상대로 청조되었고 따라서 하느님의 모습을 닮은 존재로서 인간은 누구나 존엄성을 지닌다고 가르칩니다. 본래 인간은 낙원에서 영원한 삶을 누릴 수 있도록 창조 되었지만 인간이 하느님 뜻에 순종하지 않았기에 낙원에서 쫓겨나 죽음을 겪게 되었고 하느님께서는 인간을 사랑하신 나머지 당신 외아들을 이 세상에 보내시어 그를 믿는 사람은 멸망하지 않고 영원한 생명을 얻게 하였다는 것이 연역적인 기독교의 설명입니다.

基督교에서 말하는 죽음은 죽음이 아니라 새로운 삶으로 옮아감을 의미합니다. "나를 믿는 사람은 죽더라도 살고, 또 살아서 나를 믿는 모든 사람은 영원히 죽지 않을 것이다."(요한 11/25-26) "영원히 죽지 않음"은 역설적으로 "죽음"을 存在論的 변화로 보는 것입니다. 기독교는 두 개의 삶을 인정 하는 것입니다. 하나는 육체를 가진 삶이고 다른 하나는 부활한 形體로 사는 삶입니다.

인간의 生命 안에는 죽음이 도사리고 있으며 죽음에서 제외되는 사람은 아무도 없습니다. 人生은 죽음을 향해서 가는 생명이며 죽음을 맞기 위한 여정입니다. 죽음은 이 세상에서 겪는 일회적 경험이며, 체험해 보지 못한 인생졸업이며, 不死不滅의 영혼이 永生으로 돌아가는 것을 말합니다. 누구도 죽음에서 이 세상 삶으로 되돌아 올 수 없습니다. 그러므로 누구든지 죽음에 대한 두려움을 극복하지 못하면 행복할 수 없고, 마음의 평화를 누릴 수 없는 것입니다.

생각이 마음속에 씨앗처럼 심어지면, 그 생각이 자신을 지배하게 됩니다. 건전한 것이든 불건전한 것이든 생각이 뿌리를 내리고 꽃을 피워 결국 한 사람의 인생을 만들게 되는 것입니다.

"인간은 육신을 버릴 때 마지막으로 생각하는 것에 따라 다음의 삶을 얻으리라, 그는 생각이 몰두해 있는 그 상태를 얻게 되리라"[바가바드기타]에 기록된 말입니다. "우리가 과거에 했던 생각이 우리의 현재를 결정 짓는다. 인간은 그가 생각하는 대로 된다. [법구경]에 있는 말입니다." 인간은 저가 마음속에 생각하는 대로 된다 "[잠언]에 있는 내용입니다. 인간의 사후의 운명이 지상의 삶에 의해 결정된다는 것입니다.

사람의 사후는 그가 이 세상에서 품었던 생각과 감정에 달려 있다는 것입니다. 사후의 상태는 꿈의 상태와 비슷하다고 합니다. 어떤 꿈을 꾸는가 하는 것은 꿈 꾸는 자의 정신이 어떤 내용을 담고 있는가에 달려있는 것입니다. 우리의 생각들은 기억이라는 레코드판에 기록되어 있고 필름에 담겨 있는 것과 같습니다. 우리는 죽음에 대한 지식과 더불어 죽음을 준비하는 삶의 자세가 중요한 것이며 이를 통해 이 세상 삶을 더욱 값지고 의미 있게 살 수 있으리라 생각합니다.

4. 사람의 향기

# 향기

향수의 향기는
냄새를 감추는
상품의 향기이며

자연의 향기는
나비가 찾는
꽃의 향기이고

사람의 향기는
실존을 위한
가치의 향기이며

황혼의 향기는
무르익은
진중함의 향기이고

영혼의 향기는
모두가 감탄하는
아름다움의 향기이며

십자가의 향기는
부활을 향한
초월의 향기이고

主님의 향기는
가슴속을 파고드는
평화의 향기입니다.

# 老年에 생각

어느 날 거울 앞에서
새치가 보이더니
얼마 후
斑白이 되어 버렸네,

검은 머리카락이
흰 눈 내린 듯 되니
지나온 발자국을
돌아본다.

생명이 꺼진 자리로
돌아가기 전에
살아 있는 동안
善業이 어울리니

머리카락의 색깔도
마음대로 못하는데
同伴의 속내를
어찌 헤아릴 수 있을까?

늦가을 단풍잎이
소리 없이 떨어지듯이
永眠으로 돌아 갈
告別을 생각한다.

# 가을 思索

山川草木이 푸르러 아름다운 것은
결실을 향하기 때문이고

꽃을 피워 열매를 맺는 것은
가을의 옷으로 갈아입는 것입니다.

어린애가 귀엽고 아름다운 것은
미래에 대한 희망이 있어서 이며

老人이 존경스럽고 고상한 것은
무르익은 사람의 향기 때문입니다.

# 忘年回想

탐욕이 판을 치는 현실에서
소유를 위해 능력을 동원하고
수단방법 안 가리니

생업에 얽매여 정신없이 살아
은총의 기회를 망각한 채
한 해를 과거로 묻습니다.

신앙인으로 교회에 다니지만
主님 의 나라를 위해서
행한 바를 찾아볼 수 없으니

욕망이 주인인 세상에서
아름다운 영혼으로 태어나
인생여정을 가려고 합니다.

# 떠납니다.

다니러 온 世上 어제인 것 같은데
어언간 70年이 넘도록 머물렀으니
이웃 분들께 감사하고 송구할 뿐
살아온 한평생 白骨難忘 입니다.

은총과 은혜에 보답도 못 한 채
本鄉으로 돌아 갈 때가 되어
단풍잎이 소리 없이 떨어지듯이
時間 밖 無形의 차원으로 떠납니다.

뒤처리는 남아 있는 분들의 몫으로
남기고 가는 이놈을 惠諒하시고
숨 끊어지고 고개 떨구면 그 때
쓰다버린 썩을 몸 처리 부탁합니다.

# 人生卒業

초대를 받지 않은
불청객으로
세상에 와서

갈 곳을 모르고
떠도는 구름처럼
정처 없이 머물다가

세월이 만들어준
老人이 되어서
지난날의 자취를
돌아봅니다.

늙어서 생긴
주름살이
계급장이어서가
아니라

노인다움의 멋인
진중함이 있어
敬老입니다

생을 다한 끝에서
후회 없는 종말을
맞는 것이
人生卒業입니다.

113

# 結婚의 傷處

사랑으로
한 몸 되는 결혼은
백년해로의 약속이지만

에고의 채움이
삶의 전부인 줄 알아서
욕망의 노예로 살아서

가정이 산산조각되어
대책이 없게 될 때
약속은 깨지고

둘 간 에
사랑의 끈마저 끊어지면
결혼은 상처를 입는다.

# 추기경의 선종에

하느님이 나를 사랑한다는
확신의 용기로
굳게 믿는 신앙인이었기에

님 을 향한 사랑 때문에
"너희와 모든 이를 위한"
고난의 가시밭길을 가신

초월의 삶이
모든 이의 등불이 되시고

거듭 태어난 사람으로
숙명의 그 날을 맞으시니

새로운 삶으로
선종하셨습니다.

# 서로가 좋은 사이

살아감에서
서로의 관계를 잘 맺는 것이
매우 중요합니다

서로가 좋은 사이되려면
내가 먼저
좋은 사람이어야 합니다

마음이 보석 같으면
좋은 말과 행동을 하기에
상대방을 즐겁게 합니다

모든 이가 좋아하는 모습이
내가 잘 사는 길임을 모른다면
세상을 잘못 사는 사람입니다

독을 품은 마음은
상대에게 고통을 주기 때문에
좋은 사이가 될 수 없으며

소유하려는 집착 때문에
상대를 손 안에 움켜쥐려는
이기적인 태도는

탐욕에서
나오는 횡포이기에
서로가 좋은 사이 될 수 없습니다.

# 이웃의 손을 잡는 삶

우리는 사랑을 먹고 살아 왔기에
받은 사랑은 갚아야 할 빚입니다.
빚은 나중에 갚는 것이 아니라
사는 동안에 갚아야 하는 빚입니다.

별것이 아닌 사소한 작은 실천에도
사랑의 마음을 담을 수 있습니다.
사랑은 거창한 이벤트가 아니라
사소함에서 행동으로 하는 것입니다.

다른 이에게 평화를 주려고 한다면
먼저 내 안에 평화가 있어야 합니다.
가까운 사람에게 베풀지 않으면서
이웃을 사랑한다고 할 수 없습니다.

욕망을 채우기 위해 돈에 중독되면
이웃을 짓밟는 자기중심적이 됩니다.
왜냐하면 벌어들인 돈에 따라
가치를 저울질하기 때문입니다.

자기만 좋으면 그만이라는 사람은
人生을 버리는 奈落으로 떨어짐으로
이웃의 손을 잡는 삶이 인간의 삶입니다.

# 멋진 사람

인생을 멋지게 사는 것은
후회스럽지 않게 사는 것이며
욕망에 대한 집착으로 사는 것은
멋진 삶이 아닙니다.

용서를 하지 않아
상처 난 마음으로 살아
불만으로 사는 것은
멋진 삶이 아닙니다.

위안을 받으려
신앙의 길을 가지만
깨달은 바 없이
신앙의 길을 가는 것은
믿는 흉내를 내는 것입니다.

멋진 사람은
하늘의 뜻과 하나 된
신앙으로 마음의 상처를
극복한 사람이며

위선의 믿음으로가 아닌
사랑 안에 사는 사람이
멋진 사람입니다.

# 사랑의 손길

생명을 키우는 것은
명령이나 간섭으로가 아니라
보살피는 사랑의 손길입니다.

인생의 길을 안내하는 것은
지식 전달이나 체벌이 아니라
타이르는 사랑의 손길입니다.

삶의 가치는 돈과 명예가 아니라
주고받음의 사랑으로
살아가는 사랑의 실천입니다.

國民을 향한 동참의 호소는
공약이나 정책의 약속보다는
국민을 위한 사랑의 실천입니다.

인생의 꽃과 향기는
자기를 희생함으로 피어내는
이웃을 위한 사랑의 손길입니다.

# 함께하는 세상

살아가는 세상에서
이웃을 밉게 보면
밉지 않은 사람이 없고
약점을 들쳐 내려고 하면
약점 없는 사람이 없으며

허물을 덮으려고 하면
못 덮을 허물이 없고
곱게 보려고 들면
곱지 않은 사람이 없는데

더불어 사는 세상에서
좋은 사이가 되기를 원한다면
좋은 말과 행동을 하는 것이
좋은 사이가 될 수 있는 길이고

손 안에 두려는 간섭으로는
좋은 사이가 될 수 없으니
진실과 겸손의 바탕이 있어야
함께 하는 세상을 만듭니다.

# 心理의 잣대

나와 같은 소속인지
아닌지에 따라서
편견이 지배하는
심리의 흐름이 있다.

‘나’와 ‘우리’에 대해서는
관용으로 보는 경향이 있고
‘너’와 ‘저들’에 대해서는
부정적으로 보는 경향이 있다.

결속이 되어 있으면
비합리적 결정을 서슴없이 하고
같은 집단이라는 이유로
특별대우를 한다.

'같은 깃털 끼리 모인다'는
속담이 있듯이
인간의 패거리집단도
예외가 아닌 듯하다.

바람직하지 않음을 알면서도
양심을 외면하는
파렴치한
자기방식의 결정을 한다.

법적인 잣대 외에
다른 잣대가 없다는 현실이
인간으로서 살 만한
현주소인가를 생각하게 한다.

# 夫婦

성적인 매력에 끌려
사랑에 빠진 둘은
하나가 되는 약속을 합니다

예전에 없던 만남으로
생명을 선물로 받아 키우고
한 편에서 먼저 떠나게 됩니다

부부는 곁에 있어주는 것이며
고별까지 돌보는 동반자입니다

한 편에서 자신을 내 세운다면
상대방도 자신을 내세우기 때문에
서로가 잘난채 하지 말아야 합니다

하늘에서도 간섭치 않는데
자기기준으로 상대를 조종하거나
가두어두려고 욕심을 부린다면

용서와 사랑, 그리고
삶과 죽음이 무엇인지를
모르는 동물성의 노출입니다

욕구충족을 위해서
수단과 방법을 동원한다면
상대를 소유하는 폭력입니다

부부가 된 사이라고해서
인간의 존엄성 보다 우선권이 있거나
소유할 권리가 있는 것은 아닙니다.

# 파도

바다의 숨소리 파도는
살아있는 바다의 모습이다


밀려온 파도의 끝자락이
뭍과의 경계선에서
모래알을 연마하듯이


삶과 죽음의 경계선에서
살아있는 생명들이
세파로 연마된다.

# 간섭 〈干 涉〉


철부지 아이도 싫어하는 간섭을
좋아할 사람 없으니
서로를 멀어지게 할 뿐입니다.

상대의 안정을 방해하는 간섭은
욕구충족의 횡포이며,
상대의 자유에 대한 침해입니다.

만남은 간섭을 위한 것이 아니며
간섭으로는 행복해질 수 없으니
서로 간에 평화를 깰 뿐입니다.

생존의 바탕은 자유와 평화임으로
하늘에서도 간섭치 않는데
상대에 대한 간섭은 폭력입니다.

상대를 소유물로 착각한 간섭은
靈의 주인을 망각한 처신이며
자신의 분수를 모르는 오만입니다.

# 5. 초월할 수 있는 사람

# 人生

존재하지 않았던 내가
하늘의 뜻이 함께하시여
태어나게 되었으니

선택하지 않은 이 목숨이
생명의 주인도 아니면서
인생의 길을 갑니다.

동반자를 맞나
하늘의 점지로 얻은
자식 놈을 끓어 안고,

움막에서
살다가
황천으로 갈 날 닥쳐오니

영문도 모르는 채
준비도 못하고
인생을 졸업합니다.

# 本性에로 초대

돼지는 살을 쪄서
육를 제공하고

나비는 꿀을 얻으려고
꽃을 찾아 나서니

꽃은 결실을 맺기 위해서
나비를 맞아드립니다.

본능은 욕망을 채우려고
욕심을 버리지 못하고

본성은 본향이 그리워
하늘을 그리워하니

성자께서 세상에 오셔서
"이웃을 사랑하라"하시며

本能에서 本性에로
우리를 초대합니다.

# 삶이 가르쳐 준 것


뉴욕에서 만났던 흑인 거지가 있었다.
봄비가 내리던 사월의 어느 날
비를 피하기 위해 건물 밑에 서있다 가
나는 그와 이야기를 나누게 되었다.

흑인이 무엇을 하고 있느냐는 물음에
나는 여행자라고 신분을 밝혔다.
그러자 흑인이 어깨를 으쓱하며 말했다 .
'세상사람 모두가 여행자 아닌가?
너는 너만이 여행자라고 생각 하냐?'

그렇다, 너의 말이 옳다.
세상에 여행자 아닌 사람이 어디 있겠는가?
그는 뉴욕 할렘 가 근처 공터에 버려진 차를
자기 집으로 삼아서 살아가고 있었는데
나는 그 '집' 에서 골동품 커피믹서기가

있는 것을 보고 저것이 당신 것이냐고 물었다.
'세상에 내 것이 어디 있겠는가?'

그렇다 흑인 현자여
아무 것도 소유한 것이 없다는 너의 말이 옳다.
세상에 내 것이 어디 있겠는가?
우리는 모두가 알몸으로 와서
알몸으로 가는 여행자인 것을. (좋은 글)

# 틀 속에 삶

부모님의 은혜로
알몸으로 태어나

살아남으려고
틀 속에 갇히니

교육과 종교의
틀 속에
진리가 있다하여                모방의
                              틀 속에 갇힌
내가 모르기에                  인생이 되어
正道로 믿고
따르다가                      해탈의 꽃을
                              피울 수 없네

# 오늘 무엇을 하는가?

오늘도 바라는 것이 있어
소유하려는 욕심이 있고

얻은 것에 감사는 여운뿐이고
또 다른 것을 바라고 탐합니다.

채워도 소중함을 모르다가
잃은 후에 소중함을 알게 되니

현명한 사람은
잡동사니 인생이 되지 않으려고
사랑과 봉사의 삶을 살아 갑니다.

왔다가 가는 세상에서
채울 수 없는 욕심의 그릇에
무엇을 채우려고만 할 것인가?

# 思考와 無念

생각의 씨앗은 言語의 意味이고
그 의미로 생각이 싹이 트면
思考가 噴出합니다.

五感으로 들어온 언어의 의미는
생각과 감정으로
마음의 열매를 맺습니다.

話頭나 記憶의 主觀的인 언어는
回想과 깨달음을 향한 熟考로
나를 無知에서 벗어나게 하고,

思考와 感性으로 들어난 意識은
自覺의 認識으로 哲을 들게 하고
事理를 분별하는 主體가 됩니다.

누구나가 이루려는 목표가 있고
자기향상에 대한 열망이 있어서
洞察과 창의성에 의존을 하며

생각과 감정의 옷을 입은 마음은
내 삶을 주관하는 결정과
삶의 방향을 잡는 키가 됩니다.

방에 촛불이 꺼지면 달빛이 들듯이
생각이 사라지면 無念無想이 되어
방 안에 無我의 空間이 자리합니다.

# 존재의 변화

떠나갈 날이 언제인지는 모르지만
산다는 것은 죽음을 향한 여정임을
부인할 수 없습니다.

사람이 세상에 올 때는 울면서 와서
'너'와 더불어 희노애락으로 살다가
갈 때는 침묵으로 떠납니다.

수분이 빠져서 메마른 몰골이 되어
쓰다버리는 몸뚱이를 처리도 못한 채
'너'에게 맡겨야 하는 신세가 됩니다.

제 命을 다 살고 돌아간다 해도
하늘의 뜻을 따라 살다 가는 것이
하늘의 축복과 은혜에 감사하는 삶이고

저질은 잘못을 粉骨碎身의 참회로
永生으로 가는 存在的 변화가
인생의 졸업입니다.

"세상도 가고 세상의 정욕도 다 지나가지만 하느님의
뜻대로 사는 사람은 영원히 살 것입니다."
〈요한1서 2/17〉

# 初喪

계절의 흐름 따라
단풍이 들어 낙엽 지듯
생 노 병 사의 길에
오고 가는 인생이

눈물의 귀향 소에
머물다가
숨 끊어져 고개 떨구니
인생을 졸업하네

가는 님 못 가시게
붙잡을 수 없지만
머물던 주인은
어디로 가시는가?

님의 명복을 빌고
통곡의 밤을 보내도
떠난 님은
아무 말이 없으니

다시 못 올 흙에
묻어야 하는
이별의 슬픔을
무엇으로 달래나

# 거룩한 세상

살아가는 세상은
하늘이 함께하는 곳입니다

독생 성자께서
이 세상에 탄생 하셨고

하느님의 영이 함께 하는
거룩한 곳입니다.

생명의 주인이신 하느님과
함께하는 믿음 안에

자기를 버리는 노력으로
평화를 누리는 곳입니다

내 안에서
그분을 만날 수 없다면

교회건물에서도
그분을 만날 수 없습니다

그분과 함께 하는 삶이
거룩한 세상입니다

# "오늘 낙원에 들어가게 될 것이다". (루가 23/43)


낙원에 들어가게 되는 것은
에고를 버린 비움에 있으며
나 밖에 있는 것이 아니고
내 안에 그 길이 있습니다

낙원에 들어가는 것은
'자비를 베푸소서'에 있지 아니하고
준비 되어 있느냐에 있습니다

낙원에 들어가는 것은
부활을 희망함이 아니라
생명의 주인이신 분의
뜻을 따르는 삶에 있습니다

욕심을 초월한 사람이
재물에서 자유로울 수 있고
집착에서 해방된 사람이
죽음에서 자유로울 수 있습니다

낙원에 들어가기를 갈망한다면
이웃을 사랑하는 실천으로
낙원에 들어갈 수 있다고 합니다.

인생을 보는 눈이 없다면
자신을 볼 수 없는 것이고
낙원으로 가는 길을
알고 있다고 할 수 없습니다.

# 祈禱


기도는
儀式의 형식이 아니라
知性의 하소연입니다.


욕망을 이루려는 기도는
그 분이
함께할 자리가 없습니다.


하늘의 뜻에 반하는
기도는
하늘에 加合하지 않으니


祈禱는
지성의 갈증을
채워서
변모된 사람이 되는 것이고

肉身이 음식을 필요로 하듯
靈魂의 메마름을 적시는
단비입니다.

# 봄의 復活

초목이 다시 살아나는 봄
산천은 자태를 뽐내느라
꽃으로 덮였는데

주문염송으로 소원을 빌며
살과 피의 제찬을 먹고
하늘의 꽃을 피우려고 하지만

욕구충족을 위해서
십자가의 길을 외면하니
하늘의 꽃을 필울 수 없네

십자가에서 피어나는 꽃이
부활의 꽃 인데
십자가를 싫다고 하네

# 너무 늦게 깨닫습니다

에고를 채우는 것이
삶의 목적인줄로 생각하고

움켜쥐려는
어리석음이

남을 밟고 올라서는 것을
이익인 줄로 착각을 합니다.

세상에 오고 감에 대한
답을 모르는 채

부족함을 감추고 모방하며
자존심을 지키려고 하지만

살아옴에서 쌓은 업보는
기억에 남아 있어

빈손으로 돌아 갈 때에
후회의 눈물이 됩니다.

편견 없이 있는 그대로
거울 속에서 자신을 보듯이

관조를 통해서 자신의 정체를
스스로 찾아야 하는 것이

지혜로운 삶이라는 것을
너무 늦게 깨닫습니다.

# 생명의 의미

인간의 생명에는
늙음이 숨어 있고
죽음이 도사리고 있어서

세월의 흐름 따라
주름이 생기고
황혼에 이르게 됩니다.

늙음이
짐이 되기보다는
멋진 황혼이어야 하기에

정신 청소를 하지 않아서
아픈 상처로 살아간다면
행복할 수 없습니다.

신앙인으로 살아가면서
실천이 없다면
믿는 흉내를 내는 것이며

체면유지를 위해서
습관적인 연극을 한다면
인스턴트의 삶이 될 수 있습니다.

한 뿌리에서 온
생명의 존재이유는
하늘의 뜻을 따르기 위한 것이고

나눔의 사랑으로
열매를 맺는 것이
생명의 의미입니다

# 사랑이 뭐 길래

사랑이 뭐 길래
사랑을 하면
메아리로 돌아오고

나눔의 사랑은
고통의 자리를
행복으로 채운다.

조건 없는 사랑이
너와 나를
하나 되게 하고

때 묻지 않은
사랑의 향기가
이웃을 감싼다.

자기를 버리는
아가페 사랑이
십자가의 길인데

사랑을 하지 않아
하늘을 배신하면
용서 받을 길이 없다.

# 세상을 떠난 벗에게

세상에
빈손으로 태어나

모진 가난 속에서
따뜻한 분의 도움으로

성직을 준비해서
목자의 길을 걸었으나

부족함을 통감하고
갈 길이 아님을 깨달아

인생길을 바꾸어
아들 딸 낳고

힘겨운 뒷바라지 하다가
암이라는 암초에 부딪쳐

오랜 동안 투병생활로
기축 년 동지 날 지내고
친지들의 문상을 받으며

말 없는 침묵 속에
고별의 인사를
빈손으로 대신합니다.

하늘의 부르심 받아서
앞서간 벗의 뒤를 따라

잠시 후에 우리는
재회의 기쁨을 나누리라

# 祈禱할 때

무엇을 달라고 애걸하지 마십시오
부족함이 없이 주셨기 때문입니다.

"자비를 베푸소서"하지 마십시오
살과 피를 주셨기 때문입니다.

고통에서 구해달라고 하지 마십시오
십자가를 지고
따르라 하셨기 때문입니다.

용서함에 인색하지 마십시오.
용서라는 청소가 우선 되어야
그 분이 함께할 수 있기 때문입니다.

욕망과 집착을 버리십시오
그 분은 욕망의 종이 아니시며
집착에 서비스하시는 분이 아닙니다.

자신이 누구인가를 찾으십시오
내가 나를 모르는데
어찌 그 분을 알 수 있을까

죽은 후에는 아무것도 할 수 없으니
죽음 전에 영생을 준비해야
하늘나라를 기대할 수 있습니다.

그 분과 함께 하는 삶을 위하여
하늘의 뜻이 무엇인지를 깨닫는 기도를
두 손 모아 침묵에서 찾으십시오

# 텅 빈 자유

삶은
완성을 위해 주어진 은총이며

靈은
저세상을 이어주는 실체이기에

등불을 밝혀 또 다른 내가
그 분과 하나 될 때

我가 사라진 깨어있음의
텅 빈 자유 속에서

我를 초월한 새로운 생명이
탄생합니다.

# 마음

마음은
바람에 나부끼는 촛불 같고
깨지기 쉬운 유리잔 같은데

정체를 볼 수 없으나
煩惱妄想을 제멋대로 하니
잠 못 이루는 밤을 지세고

자존심에 상처를 받아
밀려드는 슬픔에
소리 없는 눈물을 흘립니다.

마음을 다스리지 못해
삶의 방향마저 상실하니
정상을 향한 꿈이 사라집니다.

# 女子의 길

父母의 사랑으로 피어난 꽃다운 나이
20세를 넘기면 사랑의 열매를 맺으려고
인생의 目標指向을 修整하게 됩니다

결혼 후 남편과 자식이 전부가 되어
가정의 살림과 아이를 키우다 보면
更年期를 맞아 괴로움을 겪게 됩니다

생존의 전쟁터로 보내는 심정으로
利害得失을 성공의 기준으로 삼아
자식이 잘 되기를 염려하다보니

자식은 야망의 노예가 되어 버리고
품안에 자식임을 뒤늦게 깨닫게 되니
나는 무엇인가를 自問하게 됩니다

남편은 실망과 좌절의 상대가 되었으니
늙고 병들기 전에 옛 벗들과 어울리려고

동창회나 친목 모임에 나가
함께 할 동반자를 찾으려는
제대군인처럼 자유부인이 됩니다

가족과 가정에서 벗어나
빈 가슴을 채우려는 심정으로
잃어버린 에고를 찾아 방황을 하니

자식과 남편에게 쏟던 정성을
수도 물 잠그듯이 잠그고
자신을 위한 갈증에 정성을 쏟습니다

남편은 '어머니의 실패작'인데
가정적인 남자로 교육되지 않은 것을
자리 잡도록 돕지는 못하더라도

청춘을 돌려다오 한들 소용없는 것을
가정에서 벗어난다고 채워지지 않으니
인생여정의 정리는 자신의 몫입니다.

# 마음을 바꾸는 길

생각과 감정으로
자리 잡은 마음이
밖에서
대상을 찾고

밖에서 들리는 것을
마음으로 해석하고
마음이 만든 것을
세상에 토해냅니다.

자신의 마음을
통제할 수 없다면
마음먹기에 따라서
人生을 살아가게 됩니다

침묵속에
마음을 관조하여
생각을 바꾸는 것이
마음을 바꾸는 길입니다.

# 6. 하늘을 향한 기독인

# 크리스찬

예수께서 전하신 메세지는
하느님의 사람으로 살라는 것이니
"내가 사는 것이 아니라 그분이
내 안에 사는 삶"으로 바뀐 사람이
하느님의 사람, 크리스찬입니다

진리를 깨달아 믿음을 가졌고
크리스도 안에서 완성을 이룰 때
믿음은 신앙 속에 흡수되고
신앙은 완성 안에서 사라집니다

죽음이 새 삶의 시작임을 알고
自我가 주인으로 남아있지 않아야
시간 속에서 영원성과 함께하는
크리스찬이 됩니다

# 다시 태어남

내가 선택해서
태어난 것이 아니며
내가 원한다고
죽음이 오지 않지만

촛불이 꺼지는 순간
내가 '나'를 버려           달빛이 들어오듯
에고가 사라지면           邪念이 사라지면
내가 主人으로
사는 것이 아니며           '나'로부터 해방된
                         자유로움 속에
                         그 분과 함께
                         다시 태어납니다

# 하늘나라 사람

하늘나라는
설명하는
말 속에 있지 않고
침묵 속에 있으며

하늘나라 사람은
영원성으로
거듭 태어난
변모된 사람이며

십자가의
의미를 깨닫고
그 길을 선택한 사람이
하늘나라 사람입니다.

풍요로움으로
제 몸을 감싸고
저만을 위하는 사람은
하늘나라 사람이 아닙니다.

俗의 틀을 깨고
새로 태어난 사람이
빛을 밝히는
하늘나라 사람입니다.

# 自身과의 싸움

어미는 생명을 키우려고
자신과 싸우고

사업가는 성공을 위해서
자신과 싸우며

가정의 평화를 위해서
인내하는 싸움을 합니다.

자기를 버리라는 것이
하늘의 가르침이고

이웃을 사랑하라는 것이
하늘의 명령임으로

이기적인 욕심과 양심이
내 안에서 싸웁니다.

의미와 목적이 없는 삶은
짐승과 다를 바 없기에

하늘의 뜻을 따르는
價値具現을 위하여

인간답게 살아보려고
자신과 싸우는 길을 갑니다.

# 십자가의 길

욕망을 이루지 못해
한숨짓는 탄식 속에서

人生無常을 깨닫고
영원성과 함께하려고

질곡에서 벗어나
하늘의 뜻을 따르는 것이

영생의 길로 가는
십자가의 길입니다.

# 기도를 하는 것은

기도를 하는 것은
내가 하고 있는 것이지만
내 안에서
그분을 만나는 것입니다

기도를 하는 것은
내 안에서
주님과 함께 함으로
주님을 따르는 것입니다

기도를 하는 것은
살과 피를 먹고 마심으로
모두가 하나가 되는
삶을 사는 것입니다

기도를 하는 것은
모든 것을
버리고 비움으로
이중성에서 벗어나는 삶입니다

# 황혼의 기도

무지의 어둠 속에서
제 몸 감싸는
인생을 살아 왔지만

세월이 준 黃昏에는
버리고 갈 것에
집착하지 않게 하시고

이웃의 잘못을
용서함에
인색하지 않게 하소서

세속의 미련 때문에
자비를 구걸하는
소경이 아니게 하시고

남은 시간만이라도
못 다한 하늘의 평화를
전하는 자 되게 하소서

떠날 때를 알게 하시고
맑고 선한 웃음으로
고별하게 하소서

# 黃昏의 思索

어느 날 거울 앞에 서니
새치 머리카락이 보이고
얼마 후 거울 앞에 서니
어느덧 斑白이 되어 있네

사람의 머리카락도
단풍이 드는구나 하며
살아 온 발자국에 대한
추억의 흔적을 돌아본다

내 머리카락의 색깔도
내 마음대로 못하는데
상대의 마음을
어찌 헤아릴 수 있으랴

멍에를 벗어놓은

마음의 정상에서

황혼의 의미를 알 수 있을까?

# 골고타에 십자가

아담과 에화가
동물성의 욕심 때문에
無明 속으로 쫓겨나니

아버지께서 보내신
독생성자 예수는

아버지의 뜻을 이루려고          십자가는
이기성이 죽는                에고가 죽는 형틀이고
십자가의 형틀에서             조건 없는 사랑의 꽃이며

희생양의 제물이 됨으로          하늘의 큰 사랑을
구원의 길을 열었습니다.         세상에 오게 한 사건이고
                          무명을 밝힌 빛입니다.

# 거룩한 사람

종교에 귀의한 신앙인이
에고를 채우는데 급급한다면
이중성의 삶을 사는 사람입니다

사랑을 베풀고
선함을 들어내는 삶이
신앙인으로 사는 삶인데

욕심으로 차 있어서
위선의 악취를 풍긴다면
세상에 불쾌감을 줄뿐입니다

어려울 때 친구가 친구인데
어려운 이웃을 외면한다면
신앙인이라 할 수 있을까

씨앗이 죽어 꽃을 피고 열매를 맺듯이
거룩한 사람으로 태어나는 것은
에고가 죽어 하느님의 사람이 되는 것이며

에고를 초월할 수 있는 사람이
하늘을 향하는 신앙인으로
거룩한 사람입니다

# 행동하는 사람

사랑으로 태어나
이웃에게
도움을 주는 사람이
행동하는 사람입니다

행동하는 사람은
명령에 의해서가 아니라
자발적으로
선행을 하는 사람이며

모두 안에 있는 靈이
같은 하느님의 모상이기에
이웃과 하나 된 마음으로
모두를 포용하는 사람입니다

은총에 보답하는 사람이
차별과 대립과 반목이 없는
행동하는 사람입니다.

# 基督의 信仰

씨앗은 씨의 능력을 갖고 있으나
쪼개어 본다고 그 정체를 볼 수 없듯이
인간도 다재다능한 능력을 갖고 있으나
인간 본래의 정체를 볼 수 없고

강물이 바다로 흘러들어 간 후에
어떤 강물인지를 구분이 되지 않듯이
생명이 꺼진 자리로 돌아간 후에는
너와 내가 누구인지 구별이 필요 없다.

볼 수도 없고 들을 수도 없으며
생각으로 알 수 없는 대상이지만
存在原因의 實在를 인정하는 것이
基督의 信仰이다.

'자기를 비워 종의 신분으로
십자가에서 죽기 까지 순종' 하신
주님께서 전하신 진리가
길이요 진리요 생명임을 깨닫고

자신의 십자가를 짊어지고
하느님의 나라와 의를 위해서
다시 태어난 사람이 되는 것이
基督의 신앙이다.

信仰은 교리를 아는 것이 아니라
복음의 진리를 따라 사는 것이며
이기적인 자기 죽음을 통해서
아버지께로 향하는 삶이다.

# 기도

우유를 얻으려고 젖소를 사랑하듯이
무엇을 얻으려고 하는 기도는
그 분을 道具로 삼는 것이며

손을 벌리는 기도가 아니라
이기성을 극복하고
초월성에 이르는 것이 기도입니다.

주님을 향한 기도는
머리를 굴려서 되는 것이 아니라
존재의 바탕을 깨닫기 위한 것이고

기억 속에 있는 십자가가 아니라
주님의 죽으심을 전하고
부활을 선포하는 삶이 기도이며

신앙의 신비가 나를 사로잡고 있기에
어려운 문제가 내 앞을 막더라도
'당신의 뜻대로 하소서' 입니다.

보잘 것 없는 이웃을 사랑하는 것이
자신을 초월할 수 있는 길이고
은총에 감사하는 것이 기도입니다.

생각으로만 주님을 따르는 신앙은
생각이 바뀌면 주님도 사라집니다.

거듭 태어난 사람의 희생으로
피어나는 아가페의 꽃이
살아있는 기도입니다.

# 믿음으로 삽니다.


종교에 귀의하여
하늘의 말씀을 받아드리는
신앙인으로 산다는 것은

믿음으로
하늘의 뜻과 하나 된
거룩한 삶을 사는 것입니다

믿음은 영원성에
자신을 맡기는 삶이며

목숨을 다하는 날까지
종교인으로 사는 것이
믿음으로 사는 삶입니다

## "완전한 사람" 〈마태5/48〉

살아감에는
기뻐하는 웃음과
슬퍼하는 눈물이 있고

주체성 없이
추종에 길들여진 삶은
굴종의 인생입니다.

세월의 흐름 따라
백발이 되고
주름살은 늘어가는데

세상이 좋아
세월 가는 줄 모르고
철부지로 살 것이 아니라

눈치를 살피고
모방으로 사는 것은
실존의 삶이 아니며

지금여기
정체성을 찾은 사람이
완전한 사람이 아닐까요

# 하늘바라기 사람

하늘바라기 사람은
세상을 밝게 비추기 위해
이 땅에 태어난 사람입니다.

하늘바라기 사람은
자신을 초월한 사람이기에
비방하거나 탓하지 않습니다

버리고 비운 사람이기에
이웃을 사랑하는
아름다운 꽃을 피어냅니다

욕망에서 벗어났기에
소유에서 자유로우며
죽음을 평화로이 맞습니다

하늘바라기 사람은
너와 내가 하나인 마음으로
하늘의 사랑 안에 살아갑니다

# 聖子의 탄생

聖子가
사람이 되시어
세상에 오신 것은

아버지의 사랑으로
파견된 분이시고

탄생하신 聖子께서
복음이 전해졌으니

님을 따라서
다시 태어나는 것을
구원의 길이라 합니다.

본문에 인용된 내용 중 저작권자의 허락이 필요한
경우가 있다면 책 출판 이후라도 허락의 과정을
거치도록 하겠습니다.

# 황혼의 사색

**1판 1쇄 발행**  2013년 4월 30일
**2쇄 발행**  2013년 5월  6일

---

**지은이**  봉 준 석
가톨릭 대학원 졸업
동국대학교 행정대학원 석사
미국 정신 응용학 박사학위 치득
전)한국정신조절 연구회 회장
현)사회복지법인 무진복지재단 대표이사

---

**펴낸곳**  이화문화출판사
서울시 종로구 내자동 167-2
Tel.02-732-7091, Fax.02-725-5153

---

**등록번호**  128-93-71936

ISBN 978-89-89842-96-5